［俳句とエッセー］

水の容《かたち》

木村和也

創風社出版

俳句とエッセー　水の容《かたち》

目次

I

エッセー　無意識世界の共鳴　7

俳句　天上は　13

Yへの手紙　37

「さびし」を思案してください　39

猫は喜劇名詞ですか　44

「不易流行」って？　49

瑣事　54

美しい花を咲かせるには　59

二百十日　64

心理療法と俳句　69

II

エッセー　俳詩　ねじめ正一とは何者か

―ねじめ正一の詩の言葉―　77

俳句　新　鬼　83
教育の四季　109
かくれんぼうの鬼　111
菫の気概　114
使命感ということ　117
関心という天網　121
さびしい子ども　124
忘れえぬ人々　127
勇気ということ　131
本当のやさしさ　134
傷と癒し　137
私の十句
—異空間へ、空と水と子どもを通路として—　141
あとがき　153

I

無意識世界の共鳴

俳句は夢に似ている。提示されるものは、断片である。言葉の断片であり、イメージの断片である。そこには物語性はない。時間性もない。時間性は物語の根拠であるから、物語がなければ時間も無いのである。

「一炊の夢」の挿話は、夢が物語ではなく、瞬間的なイメージの断片の集合であることを物語っている。ほんのわずかなイメージの断片をつなぎ合わせて、時には壮大な物語を創り出すのは、われわれの想像力によってである。だから夢そのものには物語性はない。同時に、時間性もない。俳句は最も短い詩型である。表現されるのは、わずか数語の単語である。叙述はほとんどしない。物語性は切り捨てられている。物語と時間が立ち現われてくるのは、夢と同じように、この言葉の断片を読む人間の想像力によってである。俳句の多義性が現れる根拠もここにある。

朝顔の紺の彼方の月日かな　　石田波郷

近現代俳句の最も高い達成の一つを挙げるとすれば、まず、私はこの句を挙げたいと思う。書かれているのは、朝顔に刻印された紺色と、かなたに過ぎ去った（あるいは行く末の彼方にある）月日への思いである。そしてこの思いの正体は「かな」の詠嘆のなかに封印されていて、明かされてはいない。その思いの実体は、多義的に読者の想像にゆだねられている。

私は長い間この句にひかれながら、この句を評する言葉を持たなかった。今も持てないでいる。批評の言葉を持てないからと言って、この句が私を揺さぶることに変わりはない。

一般的に言って、批評の言葉でやすやすとなぞれる俳句よりも、批評の言葉を峻拒しているように見える俳句の方がよりよい俳句であることが多いのではないか。私がこの句に心惹かれながら、解説を不能にしているのはなぜなのか。批評の言葉を失っているのに強く惹かれるのは、どのような共鳴の作用が働いているからなのか。ここに、俳句という詩型の持つ秘密が隠されているように思う。

俳句は最短の詩型である。この窮屈で融通の利かない詩型の特徴は二つある。まず一つには、必然として物語る機能を失くしているということ。言葉の意味性は切り詰められ、というよりむしろ言葉の無意味性が指向されているということ。今一つは、他の詩や短歌に比べて、韻律を抑制するということ。特に短歌と比較すれば、俳句はより韻律にもたれない文芸である。極端に省略された言葉は、韻律を抑制するように見える。しかしこれら二つの特徴は、俳句の文芸としての価値を減ずるものではない。

五・七・五の詩型は、誰からも強制されたものではない。俳句自らが選びとったものである。俳句の無意味性への指向と韻律の抑制は、俳句自身がその制約の中に自らの詩としての方法を編み出そうとして決意したものである。それが新しい詩世界への跳躍台でもある。だからその制約の中に、他の詩型よりも優れた方法を内包しているとみなければならない。これらの制約は、俳句に何をもたらすのか。言いかえればそれらをバネに俳句は何を表現しようとするのか。先に挙げた波郷の句からわれわれが感じるのは、そのことと関わっている。

俳句は夢に似ていると前に言った。夢は無意識世界から収穫する作物である。俳句もまた、無意識の世界に通じる通路を模索するものではないか、というのがここでの仮説である。

「朝顔の紺」はわれわれに遠い世界の眠っている何かを呼び覚ますような気配がある。「彼方の月日」は朝顔の持つ紺色に染められて、われわれの意識の表面でない深い意識につながってわれわれの生きるなつかしさに触れているように思われる。単に無意識的に生きていた幼少期の記憶がよみがえってくるというよりは、われわれの無意識の世界への通路をたどって、我々の中に蓄積され眠っている何万年の共通無意識の地層に触れているようにも思う。私はユングの言う「集団的無意識」の概念を持ち出そうというのではない。しかし我々が感じる「なつかしさ」は、われわれの個人的な無意識だけでなく、人々が共有する無意識への作用がなければけっして生まれないものかもしれないと考えるのだ。個人の無意識は、共通の無意識世界に支えられている。言葉が共鳴するのは、そういう場所においてである。意識の表層で語る批評の言葉が届きにくく感じるのは、無意識の世界で共鳴するものがそれを凌駕するからではないか。

俳句が選びとった無意味性と排韻律性は、この無意識への通路を切り拓くための仕掛けなのではないのか。五・七・五という制約の中で新しい意味性と韻律を獲得するために、俳句は無意識への旅を敢行しようとしているように見える。そこに、俳句が掘り起こすべき豊饒な水脈が眠っているように思われる。

天上は

天上は水がたくさん散るさくら
紋白蝶どこか壊れてゆく国の
鬼の子を懐に入れ春を行く

ゆうぐれの春の畳にもうひとり

花冷えの釘の頭を叩きけり

揺らされてゆれている春の水

遠足が通るそれから眠くなる

ストローの曲折をやや春の暮

立春の馬ふしだらに笑いけり

噴水の高み崩れる薔薇のとき

春風や筆立てに筆ぎっしりと

生まれ変わってまた囀の中にいる

くだものを春の愁のように抱く

麦秋の水傷ついて流れけり

眼球の暗さを思うダリア咲く

紫陽花の記憶の中をゆく帆船

紫陽花や瓦礫に残る海の色

春宵や猫はみどりの声を持ち

金魚鉢に水がたっぷり死者の家

空蝉のうつのかたちの真昼かな

横顔の友だちばかり桐の花

終戦忌貼り絵の紙片手に溢れ

水を脱ぐ魚の背中晩夏光

死後もある磯巾着と波の音

蝸牛の角やわらかき矼心かな

さびしさにうちかさなってみる水母

さりさりと風鈴鳴れば骨の音

水際にみずが来ている夜の秋

木の実の中の昏さを思う水飲んで

月光のとどかぬ水の底の椅子

小鳥来るブリキの太鼓鳴り終わり

小鳥来る二十歳の爪を切りそろえ

ぷかぷかと子どもが帰る秋の暮

マンホールの蓋の裏見る良夜かな

廃虚はじまる黄落の音の中

木の上に子どもが居れば秋の暮

月明にいて少女らの変声期

過失のように秋の蝶いて翅ひらく

大き頭の子が魚焼く秋の暮

さびしさの醤油の色や文化の日

地下鉄に十月の子を乗せて帰る

ほつほつとものの食う音の月明かり

新涼やことと切れている蝶の羽

絵の具乾く時間の中に秋の蝶

どこに置いても月光という仮説

象眠る記憶の中の黄落期

あおあおと馬やせてゆく文化の日

跳んでみよブリキの飛蝗月明に

弁天町二百十日の背広売る
ポケットに胡桃の実ジャズ聴きにゆく
晩秋の木から子どもの手が見えて

地図を広げて本の実降るにまかせて

冬はじめ船につまれて象が来る

うつくしき火を見ておりぬ波郷の忌

地図広げればもうはじまっている枯野

木枯を横抱きにして男来る

鼻柱強く枯野を正面に

僕の愛一語でいえばカキフライ

綿虫や遠くに恋のあるごとく

遠火事を見ている耳の大きな子

悔恨の一つがゆらり冬の鯉

獣なれば枯野のごとく眼澄む

透き徹る食べものをたべ冬ごもる

馬瘦せて青い二月を曳いてゆく

立冬や具象としての鍵の束

水鳥はみずのかたちを眠りおり

Yへの手紙

「さびし」を思案してください

僕の句集を読んでくれてありがとう。

俳句を読みも作りもしない君だから、よけいに君の感想は貴重でした。あれは感想と言うより評論ですね。ずいぶん前から悪くしてしまった目をくっつけるようにして、マス目からはみださんばかりの大きな字で原稿用紙を埋めている君の丸まった背中を想像しています。手紙を原稿用紙で書くというのも君らしくていいです。家の横の用水路で拾ったというマックと名付けられた捨て猫も君の膝の上にでも乗っかって、強い筆圧のボールペンの運びを聞いていたのでしょうか。

君に俳句を見てもらったのは何十年ぶりでしょうか。あの時は無関心そうにしていた君が、僕のあの時の俳句を覚えていてくれたのは驚きでした。その句が今度の句集に収録されていないと苦情を言ってくれたことも嬉しかったです。

手紙の中で君が指摘してくれたことを考えています。「さびし」が十一句も（おお、数えてくれたんだ）。これは何なんだというのでしたね。「われは新鬼」と鬼を気取っていながら、「さびしい」とは何事か。「さびしい鬼など、茶番ではないか」というのです。確かに鬼には憤怒の形相がふさわしいかもしれません。まあ悲嘆の鬼くらいはあってもいいのかもわかりませんが、やっぱりさびしい鬼ではセンチメンタルに堕してしまいましょう。

「哲学の動機は『驚き』ではなくして深い人生の悲哀でなければならない」とある哲学者が言ったそうです。哲学がそうであるなら詩も人生の悲哀から生まれるといってよいと思います。万葉集以来「かなし」は詩の源泉であり続けました。挽歌も相聞歌もその核心は「かなし」の感情でしょう。僕はある作物が詩であるかどうかを判断する一つの基準として、知らず知らずのうちにこの悲哀、かなしみがその奥底に湛えられているかどうかをもってしていたのだと最近気づきました。

例えば、僕の句集の跋文を書いてくれた坪内稔典の句に、

水中の河馬が燃えます牡丹雪

というのがあります。この異様に明るい情景の中に、水底にひっそりと沈んでいる砂金のような「かなしみ」を感じないでしょうか。ここに詩があると頑迷に信じているのです。川柳と俳句の違いを明確に説明することは存外難しいものですが、俳句の多義性とか陰影とかを言ってみるより、この「かなし」があるかどうかで比べてみることが分かりやすいように思います。

「かなし」の原義は、自分の力ではとても及ばないと感じる切なさだそうです。ところが、ことを複雑にしているのは、そして君がまさに問題にしているのは、十一句が「かなし」ではなく、「さびし」であることなのです。ここに俳句とさらに僕らの問題があります。

学生時分の僕の下宿での夜中の読書会、といっても冷たい布団を並べての二人だけの読書会でしたが、その時に読んだ作家たち、それにまつわる論議のことを君は本当によく覚えてくれていて、本当に懐かしい思いがしました。四十年というのは立派な歳月です。われわれはもはや青年ではありません。俳句が老年の文芸であるという意味は、青春を断念し、文学を断念したところから出発するのだという事実なのです。こんな言い方は乱暴に思われるかもしれませんが。文学談義の紫煙の充満する下宿の部屋から抜け出したところに俳句はあるようです。

「かなし」は自分の力の及ばないという思いだと言いました。しかし及ばない、届かないという思いの出発点は、届けようとする能動的な思いを必然として内包しています。いわば、「かなし」は他へ向かうベクトルを有しているということです。一方「さびし」は、本来の生気や活気が失われて荒涼としている心の状態です。それは欠落感であり、喪失態であり、ベクトルを持たない静止した感情です。端的に言えば、「かなし」をも断念された状態が「さびし」ではないかと考えるのです。

「さびし」は君の言うように、確かに衰弱した精神の気味があるでしょう。それでもわれわれはもう青春特有の「かなし」を断念して「さびし」のなかに安住の地をみつけなければならないのかもしれません。君が終の棲家と決めた西国の小島に寄せる波音を枕に、少しばかり「さびし」について思案してみてください。

さびしさのうれしくもあり秋の暮　　蕪村

独居生活のさびしさを堪能している君をうらやましくも思います。春はまだ始まったばかりです。この次はもう少し理屈抜きの明るい手紙にします。ではまた。

猫は喜劇名詞ですか

今度は明るい手紙にしますと言ったのに、ちょっとだけ悲しい話をします。飼っていた犬が死にました。君の知っている、琵琶湖へ遠征したときに車酔いでゲーゲーやったあのポチではなくて、我が家の二代目の犬です。トマという名前でした。トマトのトマ、トマホークのトマです。五十キログラムありました。ポチと違ってトマは車が大好きでどこにも付いてきたのでしたが、最後の二週間ほどはその車にも乗れなくなって死んでしまいました。

トマはポチと同じ霊園に葬りました。犬の葬式も最近では骨上げから位牌まであって、至れり尽くせりなのには驚きました。愛犬との死別などは、人の恋愛話が退屈なように、当人以外には結局のところどうでもいい無関心事なのだと分かっていながら、犬の話でこの手紙を始めたのには理由があります。

犬と猫のどちらが悲劇性、ないし喜劇性を有しているのだろうと考えることがあるのです。笑ってはいけません。僕はいたって真面目なのです。君のところの猫のマックは元気に暮らしていますか。相変わらず君の膝を安住の住み処と定めて安楽に過ごしているのでしょうか。さてどうでしょう。悲劇性と喜劇性の話です。君のマックは悲劇的ですか、喜劇的ですか。猫は悲劇名詞ですか、それとも喜劇名詞でしょうか。

なぜそんなことを言うのか。フランス語やドイツ語には女性名詞と男性名詞の別があって、それなら名詞に悲劇名詞と喜劇名詞の区別があってもよいのではないかというのが、僕の気に入りの説なのです。何、太宰治の受け売りです。『人間失格』という小説に、主人公とその友人が、この世の事物を喜劇名詞と悲劇名詞の別に分類して遊ぶシーンがあるのです。例えば、汽船と汽車は悲劇名詞で、市電とバスは喜劇名詞という具合にです。なぜそうなのか。小説の主人公の言を借りれば、「それのわからぬ者は芸術を談ずるに足らん」ということになるのです。

世の中には悲劇名詞と喜劇名詞があって、われわれはその悲劇性と喜劇性の中を経回っているというイメージは少なからず刺激的ではあります。そう思いませんか。

柿食へば鐘が鳴るなり法隆寺　　子規

いきなり俳句です。「柿」は僕の説によれば喜劇名詞です。だって、あの形、あの色合いはどう見たって喜劇の特徴を備えているでしょう。ちなみに「食う」は動詞ですが、立派に喜劇に属します。

一方、「法隆寺」や「鐘」は歴史や古今の詩歌を持ち出すまでもなく、悲劇名詞です。君がこの説に賛同してくれることを固く信じています。ですからこの俳句では、喜劇名詞と悲劇名詞が取り合わさって一句を構成していると見ることができます。

実は、俳句の本質はここにあるのではないかと慮っているのです。深刻で悲劇的な俳句、あるいは悲劇を装った俳句があります。また、喜劇をねらった俳句、あるいは浅はかさのために単に喜劇風になってしまったような俳句もあります。しかし、俳句の醍醐味や面白さというのは、悲劇性と喜劇性のぶつかり合うその衝撃の地点に開花するものではないかと思っているのです。
漱石の『吾輩は猫である』にこういう場面がでてきます。

「脚本はえらい。喜劇かい悲劇かい」と東風君が歩を進めると、寒月先生なお澄まし返って「なに喜劇でも悲劇でもないさ。近頃は旧劇とか新劇とか大部やかましいから、僕も一つ新機軸を出して俳劇というのを作って見たのさ」「俳劇たどんなものだい」「俳句趣味の劇というのを詰めて俳劇の二字にしたのさ」というと主人も迷亭も多少烟に捲かれて控えている。

寒月先生が言うように、俳句趣味とか俳味というのは、悲劇やら喜劇やらのごった煮（われわれの日常はまさにそれです）のなかから、上澄みのようにさらりと浮かんでいるものなのではないかと思います。一幕劇のように。
悲劇と喜劇は神聖と俗に置き換えることもできるでしょう。神聖性は歌の起源ですから、その歌を祖先に持つ俳句もやっぱり神聖性から無縁ではありません。神聖性と俗性の間に、俳句は危うく存立しているのではないかと、そんな風に思うのです。

僕の家のトマが死んで、犬の悲劇性と喜劇性について少し考えはじめたついでに俳句についても思いめぐらせてみたのです。君も猫のそれについて、マックの観察を極めて報告をください。ひょっとしたら、俳句の本然が豁然と眼前に開かれるかもしれません。俳句を作らない君にとってはどうでもいいことかもしれませんが、われらが愛する犬猫のこの世に存する理由についての僅かばかりの知見を得ることにもなるかも知れませんから。ではまた。

「不易流行」って？

いつの間にか秋を通り越して冬の様相です。お元気ですか。と言っても心臓の病気で生死を彷徨った君としては、はい元気ですよとはなかなかいかないのでしょうね。でも小康を得て日常生活を回復されたことは、何よりでよかったです。この前の手紙で、君は死への覚悟について書いていました。こんな西国の小島に流れ着いた自分としては、まして身寄りのない体としては、また、自分勝手に好きなように生きてきた身としては、そしてしっかり老年を迎えてしまった者としては、いつ死んでもよい、そんな覚悟だけは備えていたつもりだったのだけれど、いったん倒れて、救急ベッドに横たわっていろいろな管で体のあちこちをずいぶん奥の方までつらぬかれて、はじめて、うろたえた。覚悟在りと信じていた自分の心が、いっぺんに雲散するのを感じた。日ごろの覚悟ほどあてにならないものはない。そんな内容でしたね。

枯れ葉は枝を離れる時に、一斉に叫び声を上げたりしない。静かに粛々と散っていくのに、なぜ人間だけが死の際に動転して右往左往するのか。そんな話をむかし読んだことがあります。そのときは、自分も枯れ葉のようでありたいと思いました。そしてそのために、何度も死の練習を怠りなくやってきたという気がしていたのですが、例えば夢の中で、みんなと手を繋いで真っ青な海にダイブしてみたり、巨大な家猫と闘ったことすらあったのですが、君の手紙を読んで、僕の自信も当然に無くなりました。罪な話です。凡夫は悟ることなく生涯を終えるもののようですね。

「不易流行」という言葉があります（こんな風に何の脈絡もなく突然話題を転換するのは実に俳諧的ではありませんか）。芭蕉が「奥の細道」で会得した概念だそうで、去来抄に出てきます。「去来曰く、蕉門に千歳不易の句、一時流行の句と云有……其の基は一ッ也。不易を知らざれば基立ちがたく、流行を弁《わきま》へざれば風《ふう》新たならず」という有名な一節が出典です。新しいものを追求する「流行」は俳諧の本領で、変化や流行を十分理解できなければ文芸の新たな進展は期待できず、また一方、どの時代を通じても普遍で変わらない「不易」というものを知らなければ俳諧の骨格が成り立たない。だから共に大切なものだし、その二つの根は一つなのである、というわけです。当たり前と言えば当たり前、また、よく考えれば分かったようで分からない話です。

僕が身を置いてきた教育の世界でもしきりに「不易流行」が言われた時期がありました。財界人などは今でもよく講演などでこの言葉を引用するようです。だからというわけではありませんが、この言葉にはどこか胡散臭さがつきまといます。単なる二元論に毒されているというだけでなく。第一、詩人が悟りを開いてどうするんだという思いが僕にはあるのです。

悟ったみたいなことを言う去来に丈草が噛みついています。「丈草曰く、不易の句も、当時その体を好みてはやらば、これも又流行の句といふべし」。丈草の反論が正しいのです。普遍性を持った後世に残る不易の句であるといってみても、それも当時では流行の句ではないのかと。今という時間枠の中に置けば、不易などどこにあるのか。僕には、丈草の疑問のほうが健全でまっとうであるように思われます。去来には時間軸ということが理解できなかったのではないかと僕は疑っているのです。

なぜこんなことを思いついたかというと、君から「死の覚悟なんてあてにならない」と聞いたからです。生きている人間に比べて、死んだ人間はどうしてああもしっかり毅然として動じないのだろうと言った批評家の感想を思い出します。生きている者は何をしでかすかわかりません。生きるということは変化することです。不易なものがあるとすれば、それは死だけでしょう。生きている時間の中ではすべてが変化するのです。その中に流行があるのです。「逝くものはかくの如きか、昼夜をおかず」は、孔子の慨嘆というより、生きて在ることとの実態の把握であったでしょう。「四時を友とす」と芭蕉も言っています。この世の中で変化しないものはない。そう見定めることが俳諧の精神ではないのか。不易など死に任せておけばよろしい。

ですからY君、死の覚悟などどうでもいいのではないか。枯れ葉のように静粛にではなく、叫び声を上げながらこの世を離れてゆくのも一興ということにしようよ。覚悟が定まらないという君の実感を、生きている者の証として僕はむしろ喜ばしく思っているのです。

柿の蔕《へた》みたいな字やろ俺《わい》の字や　　永田耕衣

僕らの人生も柿の蔕みたいやと笑い飛ばせたらいいですね。そしてどんな変化であれそれを楽しみ、この世にへばりつきながら無様に生きていくことにしましょう。さようなら。

瑣事

立春が過ぎてから、大阪は大雪に見舞われました。君のいる島にも雪は降ったでしょうか。

暗い冬の海に雪が降り注ぐ光景を、以前見たことがあります。深い絶望に似た一種の潔さが感じられるものです。お魚が一匹も住んでいない海のように私は悲しいと、昔の詩人が詠いました。そんな海を想像します。

流れゆく大根の葉の早さかな　　虚子

今は、大根も川で泥を落としたりしないので、こんな情景を想像できる人も少なくなってきているでしょう。僕らがこの実景をみた最後の世代かもしれませんね。詠まれているのは大根の葉です。その流れゆく早さです。俳句はこのような瑣事を詠むものだという典型です。

　瑣事だからいけないというのでしょうか。確かに大根の葉が早く流れようが、ゆっくり流れようが、世界の大勢とも、我々の思想や実生活ともかかわりがありません。まさしく瑣事です。しかし、瑣事だからつまらないというのは、偏狭な考え方です。海に降り注ぐ雪も瑣事なら、海の魚だって瑣事でしょう。俳人とはその瑣事にこそ詩を見出す者の謂いです。

　人生はもろもろのくだらない瑣事から成っているというのが、われわれ六十年を生きてきた者の正直な実感です。そのくだらない瑣事のくだらなさの一コマを大切と思う心が俳諧の精神ではないかと思っているのです。というより、その瑣事だけを見ることに徹する覚悟が俳人を俳人たらしめているのだと思います。私の人生では大根の葉が大切に思われる、これは、思想家や観念論者の感想ではなく、実生活者の覚悟なのです。

　大根の葉に雪でも降らせようかとか、夕日を配すれば面白いだろうとか思案するのが当時の新興俳句です。戦後の人生探求派では、大根の葉の弱り方に身を擬して人生を慨嘆するのでしょう。しかし、虚子の大根の句の前では、どんな趣向も児戯めいて見えます。哲学やら思想的意匠やら社会性やらの色香に身をすり寄せるやくざな精神は瑣事を軽蔑しますが、大根の葉の即物性に優っているとは思えません。

君は自宅を開放して、小中学生に歴史を教えているのだと聞きました。歴史の、それも日本史だけの塾といったものが経営的に成り立つのかどうか知りませんが、いいじゃないですか。そんな塾がこの日本のしかも瀬戸内の小さな島にあって、しかも小さな塾生が十数人も集まっているというのは。

君もよくよく承知のように、歴史も瑣事から成り立っています。詳しければ詳しいほど、細かければ細かいほど歴史は面白いといいます。瑣事の集積の、その瑣事こそが歴史の醍醐味なのではありませんか。

一昔前の政治的な季節の時代には、歴史は小さなエピソードの集積としてではなく、できるだけ遠くから俯瞰するのが正しい見方なのだと言われていました。俯瞰することで大きな歴史の必然が姿を現し、そこに歴史のダイナミズムも見て取れるのだという威勢の良い歴史観が声高に主張されていたのです。そんな楽天主義的な見方に異を唱えた批評家は、「できるだけ遠く離して見るのがよいなら、ゲーテも豚の尻尾も同じように見えてずいぶん深刻だろう」と辛辣に皮肉ったのでした。僕もこの批評家の意見に賛意を表する者です。源平の合戦は水鳥の羽音から始まるのですし、破滅的な戦争の扉を開いた事変は一発の不用意な発砲から始まったのです。

君は見えにくい目で、というよりほとんど暗読で一枚一枚の写真を見るように歴史のテキストを読んでいるのでしょうか。アフガン戦争を動画で見るのと、ベトナム戦争のモノクロ写真一枚を見るのとどちらがよりリアルであるでしょう。心をとらえるのは情報量の多さではありません。情報量の少なさがかえって想像力を喚起してより現実感を増幅させるのだと聞いたことがあります。余白の力がわれわれの想像力を引き出します。情報量が増えれば増えるほど想像力は減殺され、現実は矮小化されるのです。僕が言う瑣事とは、饒舌や過剰をそぎ落とした、もののかたちのことです。

言葉もそぎ落とせばそぎ落とすほど、そこに生まれる余白が想像力を刺激して言葉を屹立させるのでしょう。俳句が他の文芸に優る点がもし仮にあるとするなら、その点にしかないように思います。俳句はいわば余白で成り立っている文芸です。ですから一枚のモノクロ写真の威力は俳句の力に重なります。大根の葉の流れゆく様をユーチューブの動画で見ても、俳句のインパクトには叶わないのです。君が瑣事と余白ばかりの空間に囲まれて、ゆっくりと俳句的な人生を生きてゆかれることを祈っています。さようなら。

美しい花を咲かせるには

東日本の被災はいっこうに終熄《そく》を迎えません。原発や瓦礫の撤去作業や被災者の避難生活についてのことだけではありません。この震災が日本人の精神や文明にどんな作用を及ぼすのかという、その収斂《れん》していく方向の萌芽さえどこにも見いだせないという無力感が霧のように我々とこの日本を覆っているような気がするのです。大災害に遭っても何の覚悟も思念も構築できないでいる人間の度し難さは政治家のみならず、われわれの本性であるかもしれないとの思いは、ますますわれわれの憂鬱を濃くします。

君の方はお変わりないですか。

塾の子ども達は元気で歴史の勉強に励んでいますか。子どもは変化が身上ですから、そして成長とは変化のことなのですから、その変化を君も十分に楽しみながら、君自身もすこし新しい君になれたらいいですね。

先日新聞のコラムで、小中学校で行われている道徳教育についての疑念が取り上げられていました。素直できれいな心で花を世話すると美しい花を咲かせるが、ひねくれた心で花をいじっていると花は決して美しく開花しないのだと教える学校の道徳教育は、実験によって科学的に否定されたという記事でした。そんな論文が出たのだそうです。

なんと無粋な！　無粋というより薄っぺらな科学的真実でしょうか。そんな箸にも棒にもかからない科学的実証主義とやらが子ども達を健康に育てるとは思えません。

君の生徒達が豊かに成長を遂げるのは、君や、彼らの周りの人々や島の美しい花々によってではないですか。そして子どもの周りの人や動植物もまた、その子ども達から影響を受けて少しずつどんどん変化するのだと、そう信じることのどこがいけないのでしょう。

花がそれを育てる人間の心のありかたによって美しくも描くも花を咲かせるというのは、オカルトでも極端なロマン主義でもありません。これは関係性というものへの深い洞察を含んでいるのです。

精神療法のセラピストが患者の精神や心理に、あるいは人格にまで影響を及ぼして治療が進んでいくのは、セラピスト自身も患者から影響を受けるということを前提にしているのだと聞いたことがあります。いわばセラピストと患者の関係は、変数と変数の複雑な相互作用としてとらえられるということです。そこでは治療者も含めて不動の客観というものは存在しないのです。治療者も変数として関わることで患者の変数が動いてゆくことを期待するのです。

君が昔よく、恋愛も自分の足下が揺らぐようなものでなければ本当の恋愛とは言えないのだと豪語していたことを思い出します。恋愛達人の君のことだから、それには真実が含まれているのだろうと信じます。自分の存在基盤が崩れるかもしれないような不安定さを要求するものでなければ、本当の影響力とはいえないでしょう。人と人との関係性の中で、影響を受けるとはそういう種類の作用がはたらくことだと思います。ですから、君の若気の口吻にも僕は首肯することをためらわないのです。

人間と人間の関係がそうなら、植物と人間の関係だって、そして、言葉と言葉の関係だってそう言ってもいいのではないか、そう考えます。これらは皆、相互作用を介して変化するものであるということです。一方通行のものはありません。人の精神や心理の変数に心を寄せるのが精神科医です。植物の命の変数に心を砕くのが園芸家です。そして言葉の変数に関心を抱くのが詩人です。

路地裏を夜汽車と思ふ金魚かな　　摂津幸彦

この俳句が面白いのは、一つの言葉が他の言葉と並び合うことで、本来の意味から抜け出してそれぞれの言葉が新しい風貌を見せてくれるからです。言葉が他の言葉に影響を与えて新しい世界が出現しているということです。

自分だけの力で作られた自分などどこにもないように、芸術も時代や周りの世界の影響なしに成立したものなど一つもありません。言語も文脈や詩句の中で常に新しい意味を獲得することで新しい命を与えられてきたのです。

言葉がもう一つの言葉を呼び出すように、人がもう一人の人間を揺さぶるように、人の美しい心が美しい花を咲かせるのです。われわれの置かれている世界とはそういうものでしょう。

今度の震災のような大変な経験から、われわれがなにも変わらないとすれば、それはわれわれの精神が頑迷な私を抱え込んでいて、かたくなに人や物との関係を忌避しているからでしょう。君子は豹変するものです。われわれも老成とか、成熟とかいう名の頑迷、頑固を脱して、いつまでも、若々しい言葉や子どものように変化を身上とする存在でありたいと思います。風に震える花も、人間に対して自らの命のありかを開いて見せてくれているに違いありませんから。

おからだ大切に。さようなら。

二百十日

今日は九月三日です。台風のために学校が休校になって、今、職場である学校の自分の部屋にこもってこの手紙を書いています。

遺児めきぬ二百十日の靴の紐

これは以前に僕が作った俳句です。

この台風の中を押して登校してきた生徒も、今は学校を引いていきましたが、数人の生徒がうち捨てられた遺児のような風情で帰る様子を見ながら、教育についての日頃の思いがよみがえってきました。

遺児のように淋しげな子ども達を僕らは作ってきたのではないか。

さびしげな子ども達。どこにも繋がることができないで、携帯電話のメールだけが唯一の細い絆で、心細そうにそんな機器から送られる返信にすがるしかない、うち捨てられた子ども達。うち捨てられていることにすら気づかないで、他者や社会との関係から切り離されて、肥大する欲求と、それに見合うことができない忍耐力と想像力の劣弱さの中で浮遊する子ども達。

結ばれない靴の紐のような、うち萎れた子ども達。そんな子ども達をわれわれの教育が作ってきたのではないか、というのは感傷に過ぎるでしょうか。君のところの小さな塾生たちはどうでしょうか。美しい島の自然と、たくましい大人達に囲まれて背筋をしっかり伸ばして、ガキ大将はガキ大将らしく、内省派は内省派らしく、さびしげな子ども達とは無関係に、健康ではつらつとしているのでしょうか。

僕の昔からの教師仲間のひとりが今、警察学校で勤めています。その彼の最近の口癖が、「人間が劣化した」というのです。彼の教え子達である警察官だけではありません。店員でも、教師でも、行政マンでも、そして母親であり父親である人たちも。これは日本社会が方向を間違って歩んできたせいではないか。政治だけでなく、われわれの文明そのものが傷んでいるのではないか。その結果として人間が傷んでいるのではないか。それが彼の慨嘆なのです。「劣化」とは、ずいぶんなものの言いようですが、仮にそれが正しいとしても、そのことで一番問われなければならないのは教育ではないのか。それが四十年近くも教育に携わってきた人間の正直な今日的な感想となれば、これもずいぶん悲惨な話です。

われわれが教育の中で、失って来たのは一体何だったのでしょうか。一言で言えばそれは、「他者」というものの視点だったでしょう。公の視点と言い換えてもいいかもしれません。何のために勉強するのかと問われて、自分の幸せのため以外の回答を思いつけない子ども達は、不幸なのです。

「人生の意味は、他者に対する責任を果たすことにあるのだ」。これは、五十年も前にV・E・フランクルが『夜と霧』の中で提出したテーゼでした。われわれは他者との関係に拠ってしか生きていけません。そんな当たり前のことが、子ども達を個々の幸福追求に駆り立てる叱咤督励の中で忘れ去られてきたのでしょう。

ところで俳句も文芸としての力を発揮するためには、他者の力が必要です。僕はあまりに早くから結社というものに身を置いたせいで、結社の本当の意味について考えることなく今まで来たように思います。

俳句の世界は、結社という制度によって他者を確保できたことが、その生命をいきいきと保たせたように思います。もちろん本来の健全な他者の集団として機能していない結社もあるのでしょうが。

自分の幸福だけを飽くことなく追求し続けて、他者の視点を欠いた教育が混迷をもたらしたように、他者を欠いた文芸は、趣味の世界で自己満足的に弱々しく肥大していくしかないのでしょう。『去来抄』や『三冊子』を読んで感じるのは、それぞれの俳人達の個性が闊達に激突しふれ合っているダイナミズムです。俳句の結社ないしグループは、いわば他者を内包して、社会に向かって開かれた窓口の役割を果たしているのではないか。そのように思います。「人間は自分の仲間ともっとも多く接触しているときに、もっとも多く個性的となる」。これは『人格の成熟』のA・ストーの言葉です。

君も知ってのように、僕はかつて小林秀雄についての文章を書いたことがありました。その末尾は、「小林は、もう新しい仲間を求めて遠くまで出かけるようなことはしないだろう。そんな地点に彼は彼自身を連れてきたのだ」でした。

Y君、小さな島でも新しい友達を何人も作ったという君の生き方を応援します。そして、その関係から生まれる力を君の幼い塾生たちに供給してあげてください。僕はまだ、教育にも日本にも絶望しているわけではありません。

さようなら。

心理療法と俳句

箕面の紅葉を見に行ってきました。

十一月も末の日でしたが、紅葉狩りの人出とは裏腹に、木々の葉は青々としていました。それでも人々は黙々と川筋を遡って滝へと向かうのです。箕面の滝は、近くのトンネル工事の影響で水量が減って、水道水を引っ張ってきて混ぜて流しているのだと聞きました。そんな情報のせいか、落ちてくる水の量が多いのにもかかわらず妙に白々と感じられました。名物の猿もどこに行ってしまったのか、姿を見ませんでした。

人工の水が激しく音を立てているのを体で聴きながら、ある親しい精神科医が語ってくれたことを思い出していました。その医師はこんな風に言ったのです。

近代の精神医学はフロイトに始まるが、フロイトの提出した概念の一つに「超自我」と呼ばれるものがある。「超自我」とは良心とか理想自我とか言われるもので、人間が本来抱いている願望やら欲望を制御・抑制するものとして位置づけられる。社会的道徳律などが堅牢である場合、人間が私的に有している願望や欲望は必然的に抑制される。極端な場合、願望そのものが罪として意識され、無意識の世界に封じ込められてしまう。これらの「超自我」によって禁止され抑圧されて人格の深層である無意識の世界に追放されてしまった願望や欲望は、「超自我」との絶えざる葛藤を生んで、慢性的な不安や緊張を招来する。そのことがやがて、人格そのものである自我を傷つけていく。この無意識の世界に沈んでいる葛藤を意識の表層に立ち上らせ自分の本来的な願望や欲望に気づかせることで、傷ついた自我を救い出そうというのが、フロイトが考えた精神療法であったわけだ。

ところが現在では、こういった心理療法の基盤が崩れつつあるのだというのです。深層心理に入り込んで、いくら葛藤の根源を探ってみても、「超自我」に追いやられて傷ついた自我はどこにも見当たらない。らっきょうの皮を剥くみたいに、あるのは円満に太ったのっぺらぼうの自我ばかりで、どこまでいっても抑圧されて悲鳴をあげている自我など見いだせないというのです。

社会的制約であるとか、道徳律であるとかいったものがどんどん希薄化していく中で、自我は、障壁にぶつかって内向していくどころか、肥大化し、むやみに広げられた水路のように、どこへ流れてゆくのか見当もつかず茫然自失して、いたずらに苛立っているといった風景が、今日的な自我の状況ではないかと疑われる。そのことに、精神医学の一つの困難があるというのです。

こういった精神科医の嘆きは、そのまま俳句の世界にも当てはまるような気がします。

季題というものに竪題と横題があるということを、最近さる高名な俳人から教わりました。「あなたはそんなことも知らずに俳句を作っていたの？」という顔をされましたが。和歌や連歌以来、詠み継がれてきた伝統的な季詞が竪題で、明治以降、季語として新しく詠まれてきた季題が横題というのだそうです。竪題が本流の季題で、横題はあくまで傍流だというわけです。

伝統は時に新しい詩の展開を阻害する桎梏となります。多くの伝統俳句が月並み俳句に堕していくのは、竪題に象徴される俳句らしさへの忠誠心にとらわれてしまうからでしょう。一方、自由奔放な横題派は、新奇を求める余り放縦に流れて、詩の核を持ち得なくなる危険性があります。

僕が精神科医の話から連想したのは、竪題という「超自我」の支配に身を任せて安心立命している伝統派と、竪題的伝統の圧迫に無関心な、言い換えれば、心理の深層に「超自我」に傷ついた自我を持たない、のほほんと自由勝手に楽天をむさぼっている新興派の姿です。共に、伝統とモダンとの葛藤を持たないという点で、共通しているのです。

いちやうもみぢ踏みても路のかたさなる　　藤田哲史

「もみぢ」は古来和歌にも詠まれてきた典型的な竪題です。それが踏みしめられる路面の堅さと取り合わせられています。

現代俳句は、伝統的な竪題を現代の中によみがえらせることと、自由で新しい横題的発想を、竪題の世界から奔放に解き放つことを旨としてきたのではないかと僕は思っているのですが、この俳句にはそういった伝統とモダンの葛藤を経た痕跡があるように思います。われわれが目指すべき詩への志とは、そのような葛藤を必ず踏み越えてゆこうとする意思の中にこそあるのだと信じているのです。

夜の厳しい冷気という「超自我」に傷むことが、紅葉の色を一層鮮やかにします。歌や詩の永い時間をかけた堆積は、現代俳句の毒素であると同時に貴重な栄養素であるはずです。その両方を我々の血脈の中に取り入れて、格闘しながらでしか、新しい俳句は生まれないのでしょう。

君の住む島の紅葉は、もう立派に色づいて盛りを迎えているのでしょうか。

さようなら。

II

俳詩　ねじめ正一とは何者か―ねじめ正一の詩の言葉―

ねじめ正一は野球をするらしい。かなりするらしい。むかしは剛速球を投げたらしい。今も投げるのかもしれない。スポーツをする肉体が自慢なのかもしれない。詩の朗読会では、その肉体を極限まで酷使して、青いふんどし姿で、便器にまたがったりして、絶叫に近い調子でやるらしい。もうほとんど暴力である。

それらは皆、ねじめ正一の詩の言葉につながっている。たとえば、《コツコツとハイヒールの響きを聞くやむづがる魔羅の入れ知恵濁さず／お嬢さん／新聞の色つき活字を読みましたかと挨拶がわりに足をひっかけるのですが／お嬢さん／かわしましたなあ／チャンピオンの左ストレートはあんなものではなく／スナップのきいた余韻を集めながらこんな風に操りだし／お嬢さんがドドドとうそ八百屋店のシャッターにもんどり打っても／こんな風に手は休めずきじるほてりをぶっかけながら／右フックの気来を溜めこみ／ぐいんぐいんのアッパーを繰りだすのです》（「深夜のアーケード報知新聞篇」）

詩は、むかし、言葉のメタファーが命であった。言葉が纏う陰影（言葉が背負ってきた歴史、蓄積された感情、思念、言葉と言葉の衝突時の色調）が詩の奥行きを作ってきたはずなのに、メタファーどころか、言葉本来の作用である意味の伝達機能も一切無視して、ただただ言葉をむき出しのまま放射する。暴力とレイプ、卑猥と猥雑、妄想と狂想、詩の概念を破っての大活劇が展開される。詩に行分けなど必要ではない。胡乱《うろん》な余白は邪魔だ…言葉の余白などあってたまるか。

ねじめの詩は、以後余白を失う。

余白はすべて言葉によって埋め尽くされる。散文詩ですらない。

意味は捨象され、言葉の意匠（衣装）は脱ぎ捨てられる。

「ヤマサ醤油」、「キューピーマヨネーズ」「雨魔羅無宿」「うんこ差別」「排泄戦線」「ケツ穴大移動」……。これらが、H氏賞受賞の『ふ』の後に出した詩集『脳膜メンマ』の詩のリストである。

現実の中でも一番無機的でぶっきらぼうな言葉が詩の主題として選ばれる。言葉はすべて即物的でなければならぬ。

野球にどんな意味内容もないように、スポーツする肉体にどんな意味作用もないように、ねじめ正一は意味をそぎ落とした言葉を飛翔させようとしているように見える。いや、飛翔ではなく、地べたを通いずりまわらせる。

肉体を晒すように言葉を晒せ！　何も暗示するな。隠ぺいするな。

ほんとうの現実と交わるには、言葉を裸にしなければならないのだ。そう信じて。

いや、そんなことすら信じていないのかもしれない。

われわれが生きる現実とは何か。それは肉体であり、あらゆる抽象を取っ払った言葉の原始の姿である。

身体と言葉が密接につながっている場所が、ねじめの詩のことばである。

そこに唯一の詩の言葉の可能性が開かれている。

それが複雑怪奇に入り組んだ現実といのちが相わたる本当の意味だ。

はじめに言葉があった。ならば言葉を初めに返せ。人間を初めである身体に返せ。

言葉が生まれたままの姿であることは、人が現実にまみれないのと同じくらい困難なことだ。

その困難な道を、憎悪と嘲笑と非難をかいくぐって昂然と歩く。

かれは詩の世界のドン・キホーテなのか。

硬直せず、妥協せず、凡庸でないことはどんなに困難なことだろうか。

それは、成熟を拒絶することでもある。

どんなに言葉を費やしても、どんなに肉体を絶叫させても、現実は言葉を裏切る。

ココロは肉体を裏切る。

抒情詩が傷ついた魂を必死に内に抱え込んで現実からの攻撃を防御するのに対して、ねじめの詩は外（現実）に対してあくまで攻撃的である。守るべき内面などもたないように。

どこまでいっても言葉は現実と折り合うことがない。

詩の言葉は連綿と紡がれる。しかし言葉は現実と同様にしたたかだ。ねじめの果てしもない格闘の裏で復讐劇が進行する。ねじめのことばが現実と折り合ううつくしい着地点が準備される。

童詩「あーちゃん」がそれだ。

《てんこうしてきた／ゆきちゃんは／はながつーんとしていて／おすましして／ぼく　すきじゃなかったけど／やすみじかんに／くちのなかにみずをいれて／あそんでいたぼくのほっぺを／ただしくんが／ひとさしゆびでおしたら／くちから／ぴゅぴゅーと／くちからみずがとびだして／めのまえにいた／ゆきちゃんのみぎてにかかり／ぼくごめんなさいと／あわててあやまると／だいじょうぶよと／ゆきちゃんは／ハンケチでみぎてを／ふいているのをみたら／ぼくはゆきちゃんが／すきになった。》（「てんこう」）

これはねじめの勝利か。敗北なのか。

詩のことばは、われわれの現実をいつも飛び越えようとして、かなしくも現実に逢着するものであるらしい。

新鬼

鳥雲に迷いに行くという遊び

硝子のように寂しく住んでさくらかな

百年の孤独ひらりと百合咲けり

魚がいるただそれだけの春の水

ミキサーの中の人参春の雪

水の下に春のみずあり動きけり

海市見にゆく冷蔵庫の扉開け

泰山木に自転車立てかけられてあり

花種の領収証をもらいけり

手の冷たさを人にいわれて夕桜

春昼をサンドバッグがぶら下がる

春の蟬すこし小さき子を賜う

鳥曇り家に靴べら長と短

壊れやすき蝶なれば野につれてゆく

銃声も水音もなき春の暮

青インク一滴分の春の暮

セロリ食う春亡国の音させて

きさらぎの髪ふしだらにうつくしく

独楽を打つことが上手なさびしい子

屈託の爪にはじまる春の小火《ぼや》

幹濡るる春暁《はるあかとき》の木々として

われは新鬼ざぶざぶと行く春の闇

きれいな骨で歩いておりぬ麦の秋

麦秋や畳の上の模型船

月見草ごつんと舟が岸に着き

かたつむり天守を閉じる音がして

蝉ほどにかるがると死に給いけり

カーテンを左右に開く原爆忌

広島忌うつくしき水流れけり

遠泳のあと手のひらのさびしさよ

泳ぐ人見て雨の中帰りけり

蝉の天病気の子どもしんと寝る

蟻たちの跳梁微弱雲の峰

桐の花少年の手はみなさびし

水のすがたで箱にしまわれている晩夏

水のすがたで人が歩いている晩夏

約束があって歩いている百足

遠泳や顔流されている男

新涼の赤子こぼれぬように抱く

思い出は銃口に似る鰯雲

トランプのジャックが落ちている枯野

梨を剥く道にはずれているみたい

遺児めきぬ二百十日の靴の紐

十三夜紙の舟おく水のうえ

ふえるほどさびしくなっていくとんぼ

百枚の大皿がある野分かな

名月に最も遠く落花生

箸立に箸五六本鳥渡る

障子閉めて沖にさびしい鯨たち

年暮れてゆく人体の不思議展

空蝉の付きたる冬の枝をもらう

布団の上に母を置く雪明かり

騒然と独楽澄んでゆく時間かな

寒晴れや邪馬台国を靴で行く

林檎の芯に刃がとどく雪の音する

毛があってけものと呼ばれ雪を見る

大寒の母の忌日の柱かな

顔見世や黒き運河を靴流れ

悲しみはきれいに拭いて二月のパセリ

とある夜の葱はひそかに傷つきぬ

手の大き人に会いたる年の暮

寝かされていて白葱は裸である

死ぬによき齢などなし龍の玉

セーターを脱ぐ十七歳を脱ぎ捨てる

愛されぬ子の深すぎる冬帽子

双子なれば小さき臍の初湯かな

寒スバル小さきものが抱かれに来る

昭和の空に残されている寒鴉

牡蠣酢食う天文学者になるはずが

どこを切っても海鼠は無神論である

哲学の音のはじまりは水鳥

星座解く音水鳥の目覚める音

教育の四季

かくれんぼうの鬼

かくれんぼうの鬼が見ている冬夕焼け

こんな俳句を詠んだことがあります。最近では、「かくれんぼう」のできない子どもが多くなったのだと聞きました。「かくれんぼう」ができない、ないし流行らないのは、鬼になる孤独に子どもが耐えられないからだそうです。

なるほど「かくれんぼう」は、一人の鬼とそれ以外の多数の者とのゲームです。たった一人の鬼が独力で策略をめぐらし、他の者を次々と捕虜に生け捕り、捕虜奪還作戦も阻止しながら、めでたく全員を捕縛してゲームが終了します。ゲームは鬼の役を交代することで、日が暮れるまで続けられることがしばしばありました。弱い鬼は、ですから日が暮れるか、皆の同情を買って自主的に捕縛されに出てくる心やさしい兄貴分たちが登場するまで、ずっと鬼であり続けなければなりませんでした。一人で淋しい夕焼けを眺めたりすることもあったのです。

初めの俳句には、そんな弱い鬼としての体験が反映されているかもしれません。すべての他者を敵に回してたった一人の鬼であるという経験は、小さな子どもにとっては、ある種の恐怖体験であったでしょう。しかし、その孤独や恐怖感を「かくれんぼう」という遊び中に解消していく経験が、彼らの発達にとってかけがえのない価値を持っていたことも見逃せない事実でしょう。

そんな「かくれんぼう」が今の子供たちに忌避されているとしたら、もちろん、その理由には環境の劣悪さなど多様であるとしても、そのことは教育の問題として考えなければならないものであろうと思われます。

ある小学校の民間人校長が学期の途中で辞職するというニュースがありました。民間人校長が、しかも学期途中でということでセンセーショナルに報道されましたが、私が強く印象付けられたのは、その辞職の理由でした。自分が理想としていた、国際人を養成するという教育が、その小学校では現実的に不可能だと悟らされた。学校の体制も、理念と方策を提示する教育委員会や行政も、児童の状況も、それを許さなかった。国際人を育てるための英語教育よりも、もっとベイシックな教育の実践が求められたからだと。

あくまで新聞報道での範囲ですから、即断は避けなければなりませんが、おそらく、高い理想を掲げながら、あるいはその高い理想のゆえに、この校長には現実の子どもの姿がよく見えていなかったのだろうと思われます。

高校や中学校で、小学校においてですら、グローバルな人材の育成を旗印に英語教育、特に「使える英語」教育が主張されています。多く見積もったとしても数％を越えることのない将来の「国際人」のために、すべての子どもたちに、他の必要な教科等の時間を削ってでも実施しなければならない教育なのかどうか。私は少々疑問に思っています。こういった特別教育は、必要な者にだけ徹底してなされるべきだというのが私の意見です。

教育は、将来を見据えると同時に、子どもの現実から出発しなければなりません。「かくれんぼう」という遊びを喪失したのが今の現実の子どもたちの姿です。今必要なのは、すべての子どもを流暢に英語が話せるように訓練することではなく、すべての子どもに「かくれんぼう」の鬼の孤独と忍耐を体験させ、それを乗り越えていく力を育むことではないかと考えます。いわば「かくれんぼう」という仕掛けを教育の中に準備することではないかと思います。

すべての子どもに必要なのは、この社会を生き抜いていく力であり、人間力であるからです。

菫の気概

菫ほどな小さき人に生まれたし　漱石

先日、ある府立高校の校長先生に会って話を伺っていましたら、休日もないくらいに忙しいのだということでした。ほとんどの休日が、地域や学校で開催される説明会などで埋まってしまうのだという話でした。

私は私学も経験しましたので、その種のイベントで駆け回る経験をしましたが、公立の高校でも最近は、こんな風に説明会等で忙殺される時代になったのだなあと感慨深いものがありました。校長先生が、自分の学校の教育について、外に向かって発信することはいいことです。生徒や保護者のために、校長自らがしっかり学校の教育の方針や理念を伝えるのは、本来のあるべき姿でしょう。

しかし、心配するのは、そのために休日もないくらいに忙殺されるということです。その忙しさのなかに、他校との競争意識や、外からの学校評価に対する過剰な意識が隠れているのではないかと心配します。

大阪市では、民間人からの校長公募が今年度も数多くなるのだということを聞いています。私も優れた民間人出身の校長と一緒に仕事をしたことがあります。人格的にも優れた校長が何人もいたことを知っています。しかし、民間人校長を数多く登用する理由が、学校間の競争をより活発にすることであったり、企業の経営理念や、顧客に対する哲学を導入するためだと言うのなら、そのことについてはいささかの疑問を呈さずにはおれません。

学校は本質的に企業とは異なります。企業の論理の中には、今まで学校で不足していた面が多く含まれているのは事実でしょうが、それでも、利潤を追求する企業と、遠い将来の社会や人間に対して責任を持つ教育とでは、おのずから使命において違っています。顧客という概念を教育に持ち込むことが一般的になってきていますが、教育の顧客満足は、単に今の生徒保護者の満足ではありません。遠い将来の彼らに対する責任が教育にはあるのでしょうし、また、未来の歴史に対してもその責任は及ぶはずです。

今、学校に必要なのは、いたずらに先鋭的な競争ではなくて、自らの教育を腰を落ち着けてじっくり作り上げていく姿勢ではないかと思います。

冒頭の俳句は、優れた俳人でもあった夏目漱石のものです。道の辺に人知れず咲く菫のような小さな人として生まれてきたい、そういう人生を生きたいという感慨の句です。己の存在を謙虚に捉えると同時に、そこには生命を有するものの矜持が込められているように思われます。小さな存在でありながら、そこには香り高い命が充満しているのです。そう思わせるのは、菫という花の持つ気品でもあるでしょうが。

前回のこのコラムで、「かくれんぼう」の孤独について書きましたが、子どもたちに、想像力や独創性を育む土壌としての孤独が時として必要なように、学校自身にも、孤独の時間が必要なのではないかと思います。学校自身にも、そして校長や教員にも、協働の熱気と同じように、孤独の時間が必要なのではないかと考えるのです。

競争と横並びの意識ばかりの中からは、金太郎飴のような教育しか生まれてこないような気がします。真に創造性に富んだ「特色」ある教育は、孤立を恐れない、孤独の時間のなかで育まれるのではないかと思うのです。

時代からまったく遊離してしまったような教育は論外でしょうが、謙虚で、それでいて命の輝きを内包した、菫の気概をもった教育の創造が学校に求められているように思います。

使命感ということ

金剛の露ひとつぶや石の上　　川端茅舎

平成二十六年度に向けての教員採用試験も一段落した様子です。この号が出る頃には、合格者の発表も終わっていることでしょう。

文字通り教育は人ですから、どの府県でも採用試験には万全を期しているに違いありません。教員としてどんな人材を求めているか。文部科学省のホームページでは、教員に求められる資質能力として、まずはじめに「教育者としての使命感」が挙げられています。どんな仕事にも「使命感」は欠かせませんが、教育ほどそれを必要としているものはないのかもしれません。教育は社会的使命においてより大きなものを担っているからです。

冒頭の俳句は、教科書にもよく採られている有名な句です。おそらく暁か早朝でしょう。夜分に大気中の水分を集めて結ばれた露が、明け方のかすかな陽光を受けて、石の上にきらめいて見えるのです。まるで金剛のように。金剛は仏教用語で、かたい金属を表します。そこから転じて金剛石（ダイヤモンド）の意味でつかわれます。最もはかないものの代名詞でもある露が、金剛石のような光を放って石の上に置かれています。光を放つというよりは、鉱物性の硬質の光が一粒の露の玉の中に凝縮されているように見えます。

この透明感にあふれた清新な情景は、「教育者としての使命感」ということを私に連想させます。それは、「金剛の露」がそのまま「教育者としての使命感」の堅固さと貴重さのイメージに重なっているからですが、それだけではありません。「金剛の露」がつくられる過程にも、その「使命感」を重ねてみるからです。残念ながら、私自身自分の教員生活を振り返ってみて、「教育者としての使命感」をどれほど持ち得ていたのかといえば、すこしばかりさびしい気持ちがしています。まして初任当時にその使命感をどれだけ持っていたかと問われれば、ほとんど俯いて頭を垂れるしかありません。謙遜して言うのではありません。「教育者としての使命感」なるものは、教育者としての実践と経験によって育てられるのだというのが、言い訳めいた私の確信なのです。

曖昧模糊とした夜の大気の中に露の命が胚胎されています。それが明け方露となって実を結ぶためには、秋の冷気を必要とします。金剛石のような硬質の光を持つ露も、その内実ははじめから強固なものではあり得ません。それは信仰者の信仰にも似て、日々新たに更新していかなくては干からびて蒸発し消滅してゆくものであるでしょう。

率直に言って、これから教員をめざす受験者に、「教育者としての使命感」を問うのは酷と言っていいのかもしれません。こういった「使命感」は、厳しい教育の現場実践の中で、そして、子どもたちとの触れ合いを通してこそ、育ち、更新されていくものではないかと思うからです。

教員経験をまったく持たない人が、いきなり民間から教員や校長になることの困難もこのあたりにあるように思います。「使命感」が、教育の現場で育てられていくものであるとするなら、実践経験のないことは、清新の風を吹かせる前の大きなハンデキャップとなるのではないかと懸念されるのです。

学校の教育を支えるのは教員の「使命感」です。その「使命感」は、夜の冷気が「金剛の露」に結実するのと同様に豊かで充実した時間を必要とします。そのような時間を準備し、ゆったりとしてしかも凛とした教育現場にすることが、今、学校に求められているように思います。

関心という天網

天網は冬の菫の匂かな　　飯島晴子

十一月七日が立冬でした。冬にも花は咲きます。冬の冷気の中に凛としてかすかな香気を放っている菫があります。挙げた俳句は、天網は冬の菫の匂いを持っているという意です。高貴とさえいえるような菫が漂わせている香り、天網とはそういうものだと言うのです。

天網は、もちろん「老子」に出てくる「天網恢恢疎にして漏らさず」の天網です。天の網は広くて大きく、網目は疎で粗いけれども、決して悪事を見逃すことがない、悪事は人の目から逃れることはあっても、天の網から逃れることはできない。すべては掬い取られて露わになる。天道はかくも厳正である。この言葉はそういった悪を戒める意味合いで使われることが多いようです。

しかし、私はこの天網に別様の解釈をしてみたい誘惑に駆られます。その誘惑は、当然冒頭の俳句に見える天網のイメージから触発されたものです。冬の菫の匂いであると定義づけられたこの俳句で天網は、悪事を糾弾するような厳しいものではなく、むしろゆったりとして鷹揚で、それでいて冬の菫の匂いのように繊細で凛々しい雰囲気を持っています。そもそも香りに形はありません。融通無《む》碍《げ》、自在であるからこそ、天にあるものの存在としての天網なのです。

この天網に教育における教師の子どもたちへの関心のあり方をみる思いがします。教育にとって何が一番大切なのかと自問してみて、その答えをこの天網のようなものであると言ってみたい気がするのです。通例、悪事を見逃さないとされる天網は、教育の場においてはむしろ良きことを主眼とした、子どものすべてに、どんな些細なことも見逃さないで掬い取るように注ぎ続ける関心であるだろうと思います。

学校の管理職は教員の授業を観察することが一般的になりました。私も何人もの教員の授業を見て、さまざまな発見がありましたし、教育上のあるいはそれ以上の問題意識を開発されてきました。そんな中で、教員の資質としても、実践としても、大切なものは子どもたち一人ひとりへの関心の払い様ではないかと思うようになったのです。

ある教員は一時間の授業の間、最後まで幾人かの生徒が教科書すら机上に出していないのに気付かないでいました。授業の進行に夢中で気がつかなかったのだと後で話してくれましたが、熱のある勇ましい授業であっても、生徒の心の動きや一挙一動に注意が届いていないのであれば、それはいい授業だとは言えないでしょう。教育的愛などと高尚な言い回しをしなくても、子どもに関心を払い続ける力と言えばいいのだと思います。そういったものが子どもを成長へと押し上げていくのでしょう。

関心とは愛情の別名です。神経質でなく、過干渉でもなく、天網のようにゆったりと、かつ繊細で、それでいて柔らかく、ふっくらとした、そんな関心の網を惜しみなく広げ続けることこそが、教育の出発点ではないかと思います。相対するものへの関心のないところに教育は成立しません。子供たちの豊かな心もしっかりした学力も、注がれる関心によって育てられるものであることは、親や学校や社会からネグレクトされた子どもたちの悲しい状況と照らし合わせてみれば瞭然です。

学校こそが、そのような関心という天網をすべての子どもの前に敷きつめて、何ごとも見逃さず、漏らさないように構えておくことが必要なのだと思います。関心はすべてを掬い取る力であるからです。

さびしい子ども

独楽《こま》を打つことが上手なさびしい子

新しい年が巡ってきました。独楽はお正月の遊びで俳句では新年の季語でもありますが、この頃は、子どもたちにあまり人気がないようです。

独楽の中でも美しく彩色された木の独楽ではなくて、ベーゴマといって金属や石でできたやや小ぶりのものがあります。皮や布で作られた土俵の上で打ち合わせて遊ぶこのベーゴマが、昔、男の子たちの間で流行りました。これには遊戯性のほかに、勝者が敗者の独楽を分捕るという賭博性もあって、当時から大人たちには歓迎されない、どことなく後ろ暗いイメージが付きまとう遊びでありました。

ちなみにベーゴマは平安時代からあって、バイ貝に砂などを詰めて回したところからバイゴマと呼ばれたものが、関東圏に伝わった際に訛ってベーゴマとなったもののようです。私が住んでいた、都会を遠く離れた大阪の南の地方では、当時このコマのことを「バイ」呼んでいましたから、古語が残存する法則に従って、田舎に伝播した言葉が、そのまま時代の波にも洗われずに残ったということであったでしょう。

そのやや暗いイメージを持つバイゴマを上手に回す子どもが、したがって相手のコマを負かしてわがものとするやんちゃな子どもが、どの村にも何人かはいたものです。もちろん私の住む村にもそんな子がいました。そんな子どもは、みな不思議にどことなく大人びていて、それと同時に、何かさびしげな陰影をまとっていました。思い出の一こまに登場するそんな子どもが、冒頭の俳句の主人公なのです。

今、子どもの、さびしさを含めた陰影ということを考えたりします。ある別の大学で学生たちと一緒に日本の童話を読んでいるのですが、そこで感じることは、一般的に学生たちの物語の読み方として、陰陽の陽の方に傾斜してゆく傾向があるということです。善良で陰りのない人間、幸福な結末といった、明るいもの安心できるものを見ようとして、暗さやさびしさ、不安や陰影、不幸な結末といったものをできるだけ遠ざけたいとする心理的な傾きがあるということです。もともと童話は「幸福な結末の慰め」でなければならないと主張する児童文学者もいるくらいですから、それは、童話というものの一面の真実であるかもしれませんが、何かが抜け落ちているような気がします。

映画もハリウッドの全盛期以来、ハッピーエンドが主流になってしまって、かつてのフランス映画のような物悲しい結末は、今や映画界からも駆逐されてしまったようです。子供だけでなく、大人や社会そのものが、そのような一見幸福そうな結末しか受け入れられない時代になってしまったように見えます。

悲劇的な結末が喜ばれないというのは、子どもたちが善き人に育ったという単純な話ではなくて、それは一方で、悲劇に耐えられない精神、暗さや、さびしさ、悲しみに対して、ネガティブにしか受け止められない精神の脆弱さの表れではないのかと心配します。

社会や学校、世の中の厳しさの中で、せめて童話くらいは、現実の困難さを忘れさせてくれる物語であってほしいという期待があることは肯けますが、ときには、「不幸な結末」も「幸福な結末」に劣らない慰藉を子どもに与えるのだという視点も大切なのではないかと思います。物語に陰影があるように、子どもにも暗さやさびしさはあります。それらを精神の豊かさの一部として評価する姿勢も大事なことなのではないかという気がします。

忘れえぬ人々

遠火事を見ている耳の大きな子

国木田独歩に「忘れえぬ人々」という小説があります。親とか子、友達や先生、先輩、そういった忘れてはならない人々でなくて、「恩愛の契もなければ義理もない、ほんの赤の他人であって、本来をいふと忘れて了ったところで人情をも義理をも欠かないで、しかも終に忘れて了ふことの出来ない人がある。」そのような、主人公にとっての忘れえぬ人々のいくつかのエピソードを語るという構成の短編です。

冒頭の俳句は、私にとっての「忘れえぬ人々」のうちの一人の思い出に結びついています。昔私が住んでいた村に、小さな屋台を引いて歩く少年がいました。少年と言っても私より四つ五つ年かさの少年でしたが、季節ごとに売っている物が変わるような不安定な行商であったと思います。祭りの日などには、やや清潔さを欠いた簡単な焼いた食べ物を売ったりしていました。彼の家庭状況は知りませんでしたが、学校もあんまり行っているようには見えませんでした。

その子は大きな耳をしていました。耳の大きな人は幸福を約束されているのだと聞いたことがありますが、彼は、子どもの目から見てもけっして幸福そうには見えませんでした。

皆はその大きな耳を囃して、「ミミイカ」、「ミミイカ」と呼んでいました。もちろんむやみに大きなイカの耳に譬《たと》えて言ったのです。ですから子どもたちは彼がどんな名前をもっていたのか、誰も知らなかったと思います。

子どもは無邪気に残酷になることができます。その少年に対しても、私を含む村の子どもたちは多分、その異質な生活と身なりから、そして、異様に見えた大きな耳から、軽蔑や悪意やらと、ある種の恐れの入り混じった暗い感情を放射し続けていたのだと思います。

ある日の夕方、その子がぼんやりと、古びた自分の引く屋台に手をかけたまま、遠くを見て佇んでいるところに出合わせました。一日の行商を終えた一ときの安穏の時間であったのかもしれません。いつもは私たち村の子どもたちに対しては、その悪意や、からかいに対抗するように挑戦的な態度であることが多かったのですが、その時はいつもと違っていました。自分の心の中に身体ごと沈めてしまったような静かな様子は、ちょっと不思議な感じのするものでした。

その彼の視線の先を見ると、山の近くの方に火事と思われる煙の立っているのが眺められました。ちらちらと赤黒い火の色も見えるようでした。彼はひたすら静かにその遠くの火事を見ていたのです。その時の、一種厳粛といってよいほどの様子に、はっと胸をつかれる思いがしたのでした。

それからほどなくして、彼が事故で亡くなったと聞かされました。「あのミミイカが死んだそうだ。かわいそうに。」そんなひと言で、彼のことは我々の記憶から消えていったように思います。

今、老年と呼ばれる年齢になって、寂《しん》とした一人の夜などに、ふと、その少年のことを思い出すことがあります。あの時彼は、何を思い、何を考えていたのでしょうか。静かに真剣といってよい様子で遠くの火事を見ていた彼の横顔が思い起こされるのです。

名前も知らなかった、私の人生にとって何の影響も及ぼさなかったと思える彼ですが、今になって、私にとっての「忘れえぬ人々」の一人になっていることに気付くのです。

長い教師生活の中で見た、何も目立つことのなかった子どもの幾人かが思い出されるのもそんな時です。

勇気ということ

勇気こそ地の塩なれや梅真白　　中村草田男

この俳句の「地の塩」とは、もちろん、新訳聖書に出てくる、イエスの山上の垂訓の言葉である「あなたがたは地の塩である」から取られています。塩は人の生命維持のために欠くことができません。また、料理における調味料のように他を生かすためのものであり、防腐剤としても昔から利用されてきたものです。あなたがたは、この地上において欠くことのできない貴重な存在であり、他の人を生かす道具であり、清廉なものたちである、という励ましと諭しです。

揚句では、勇気こそが聖書の言う「地の塩」であるのだと断定し、それが、まだ寒さの残る大気に凛として咲く梅の花の白さと取り合わされています。真っ白な梅の花と並べられることで、「地の塩」に擬せられた勇気というものの高貴な清冽さが際立ってきます。単なる写生ではなく、人生観や思想的なものを俳句に詠み込もうとした草田男の心意気が伝わってくる句です。同時にそれは、昭和という時代の重さを背負った俳人の矜恃であったかもしれません。

実はこの句は、草田男の教え子が学徒出陣で出征するときに、彼らに与えた句だと言われています。すると、この勇気は、戦地へ赴く子らに死を恐れることのないように鼓舞したものとも考えられて、今日的にはいささか否定的に捉えられることもあるようですが、しかし、それは即断にすぎるでしょう。

徳川光圀の言葉として伝えられているものに、戦場に駆け入って討ち死するなどというのはたやすいことで、どんな軽輩の者でも成し得ることである。「生くべき時は生き、死すべき時にのみ死するを真の勇とはいうなり」というのがあるそうです。草田男がこの言葉を知っていたかどうかわかりませんが、少なくとも、この俳句には、軽薄な勇気を称賛するような風情は感じられません。真の勇気といったものを白梅を見る目は凝視していただろうと思われます。

梅はもともと花弁も小さく、それほど華麗な花ではありません。古来より詩歌にも多く詠まれ尊ばれてきたのは、その気品と可憐さの中に秘められたある種の強さのためであったでしょう。それが勇気と共鳴し合っているのが草田男の俳句です。

勇気が「地の塩」であるとは美しい断定です。われわれは、小さな決断から大きな決断まで、日々敢行しながら日常を生きています。その決断を支えているのは、いささかの勇気であるでしょう。そうした勇気は、頭の表層に宿るのではなく、お腹のあたりにずっしりと蓄積されたエネルギーから生まれるものであろうと思われます。

人生において前進することを鼓舞するエネルギーの源となるのは勇気です。そしてそれは、塩のようにありふれているように見えて、貴重でかけがえのない力だと思うのですが、近頃は学校でも、勇気はあまり人気のある徳目ではないようです。時代そのものが、勇気という美徳をどこかに置いてきてしまっているように見受けられます。「生きる力」と言うのなら、勇気はもっと尊重されていいように思われるのですが。

私はかつて俳句仲間に、志のある俳句を作りたいのだと壮語して失笑を買ったことがありましたが、勇気とか野心（アンビシャス）とかいうものはみな、志につながっているように思います。そういったものへの価値を復権させていくことも、これからの教育に必要なことかもしれないと思っています。

本当のやさしさ

水仙へきれいな声の近づけり　　加古みちよ

水仙は俳句では冬の季語です。四月の今頃にどうして水仙の俳句なのかと、不審に思われる人がいるかもしれません。

水仙は、早いものだと十二月には咲き始めます。ですから冬の季語として登録されているのですが、もともと季語というのは、京都を中心とした和歌の伝統から出発していますから、けっして全国各地の実際の季節と合致しているわけではありません。

宮沢賢治に「水仙月の四日」という山野を駆ける雪の精を主題にした童話があ

ります。この「水仙月」も、賢治の造語ということもあって、本当はどの月に該当するのかは分かっていません。賢治のイーハトーブ岩手では、四月四日が吹雪の特異日なのだそうで、したがって水仙月というのは、四月が真相なのだともいわれます。種類によっては水仙の花の開花が、岩手では三〜四月なのだということも、この説を裏付けています。ここまでは、四月に水仙の俳句を載せた言い訳めいたお話。

さて、「水仙月の四日」です。

この童話には、先ほども触れた雪の精が登場します。二匹の雪狼（ゆきおいの）を使役して残酷なまでの吹雪を巻き起こす雪童子（ゆきわらす）です。彼もまた、冬の魔女の命に従うものなのですが、その雪童子が、お使いに出た帰りの一人の子どもの行く手を吹雪によって遮ってしまいます。

赤いケット（毛布）を肩に掛けて吹雪から身を守っていた少年でしたが、雪童子の降らせる雪に閉じ込められ、ついには雪に埋め尽くされてしまいます。それは実は、冬の魔女の目を盗んで、少年を凍死させないためにした雪童子の計らいでもあったのです。冬の魔女が去った後、雪童子は少しばかりの風を起こし、雪の中から少年の赤いケットの端が見えるようにしておきます。やがて朝になって、村から少年の父親がその赤いケットに導かれて助けに走って来ます。そんなきびしい風土を背景にした童話です。

そこには、自然の人間に対する暴虐性とその中にひそめられたやさしさとが、雪童子と少年との交感の中に描かれています。

同時に、これは少年の再生の物語です。世界各地の民俗は、イニシエーションの儀式を数多く保存しています。子どもが成人になるために、言いかえれば新しい人格として再生するために、極端な場合は死と隣接するような肉体的な危機体験としての通過儀礼を用意しています。そこを無事通過したものだけが、成人としての資格を与えられるのです。これらのシステムには、きびしい試練を通過しなければ真の成長や再生は得られないという、各民族に共通の知恵が内包されています。

厳しさの対極にあるのが「やさしさ」でしょう。その「やさしさ」は、今日の社会では特別の価値を持つもののように喧伝されています。みんな「やさしさ」に身を寄せようとします。学校でも子どもは、やさしい先生が大好きです。教育もまた、「やさしさ」に重心を傾けているように見えます。

しかし、ほんとうのやさしさとは何なのでしょうか。「水仙月の四日」で見せた、少年を吹雪で突き倒し埋めるかに見せて救う雪童子のやさしさは、最後まで誰にも気づかれることはありません。そんな雪童子のふるまいの厳しさの中に、本物のやさしさの正体があるように思われます。

花が咲き希望に満ちた四月に、吹雪のなかに閉じ込められ、再生を待つ子どもの姿を思い浮かべるのも、意味のないことではないかもしれません。

傷と癒し

麦秋の水傷ついて流れけり

俳句を作る人なら誰でも、特に好んで使う季語というのがあります。一般的な季語集でも見出し季語だけで三千近くに達するといわれていますが、その中でも偏愛といってよいほどに、俳人それぞれに好きな季語があるものなのです。

私の場合その一つは「麦秋」です。麦の穂が色づき、収穫期を迎えた初夏のころの季節をいいます。穂が黄金色に熟して、麦にとっての実りの「秋」であることから名づけられた季語です。

この季語を愛する理由は、麦の穂が風に揺れるさまのイメージそのままに、穏やかで軽やかなすがすがしさにありますが、もちろんそれだけではありません。「バクシュウ」という音の響きが清冽な、ある種の鋭さを内包した音調を醸していることも大きな理由の一つです。それは、あのすこし尖った麦の穂の感触にも通じているでしょう。それらが「麦秋」という季語の魅力になっているように思われます。

掲句では、そんな美しい季節を流れてゆく川の水が傷ついているというのです。水が傷つくとは何なのかと、いぶかしく思われる人もいるかもしれません。まあ、そんなこともあるかと、寛容の心で許してください。

水は精神性の象徴としても、昔から多くの詩句に登場します。水は生命を養う糧であるとともに、生命誕生の故郷でもあります。ですから水が持つなつかしさは、われわれの生物としての遠い記憶につながっています。

その水が傷ついて流れているのです。これは単なる何かの象徴ではありません。実景として、水が傷ついているように流れているのだと思い描いてください。水が初夏の陽光を受けてキラキラと流れてゆくさまは、実際、痛ましい感じのするものです。

しかし、この痛ましさは、やがて癒され回復することを約束された痛みであるように思われます。水の持つしなやかさと永遠性がそう思わせるのでしょうし、その水を取り巻く麦秋という季節のおおらかな美しさがそのことを強く意識させるのかもしれません。

俳句における季語の効用は、一般に信じられているような季節感の表現にあるのではありません。言葉自身の歴史と人々の生活感情を蓄積した季語は、俳句という極短詩型の核を作り、他の言葉に放射して調和を作り出す源となるものなのです。「麦秋」は、傷ついた水と調和することで一つの世界を作ろうとするのです。

さて、生きることは傷つくことですが、傷つくことを恐れるあまり、自身の生き方を縮こまらせている子供たちを見かけることが一般的になりました。かつて、成熟は喪失から始まると高名な批評家が看破しましたが、子供たちの成長にとって、傷ついたり、何かを喪失したりすることは不可欠な要素というべきものでしょう。そのことを教育はもっと喧伝していいのだと思っています。

傷ついたものを抱きとめ、癒し、成熟へとつないでゆくものは、調和です。人間と人間、人間と自然、それらが調和することで、癒しと成熟は約束されるのでしょう。子供たちに傷つかない手だてを説くよりも、傷ついても流れる水のように、やがて、しなやかな回復が約束されているのだと抱き留める姿勢が、教育の本来の姿勢であるべきでしょう。

傷ついて流れてゆく水を懐に抱いて、麦秋という成熟の季節が存在します。傷ついた水を調和ある世界へ導く麦秋のような教育こそ本来の教育であるように思います。

私の十句

——異空間へ、空と水と子どもを通路として——

「おや、こいつは大したもんですぜ。こいつはもう、ほんとうの天上へさえ行ける切符だ。天上どこじゃない。どこでも勝手にあるける通行券です。こいつをお持ちになれぁ、なるほど、こんな不完全な幻想第四次の銀河鉄道なんか、どこまでも行ける筈《はず》でさあ、あなた方大したもんですね。」（宮沢賢治「銀河鉄道の夜」）

宮沢賢治の「銀河鉄道の夜」で、主人公のジョバンニが銀河ステーションで手にしていたのは「どこまでも行ける切符」である。銀河の住人である「鳥捕り」はそのことを保証してくれている。

その切符は「不完全な幻想第四次」の世界のどこへでもつながることが出来る。どこへでも行けるものは、どこへでも行かなくてはならない。だから銀河の一隅でたった一人の親友であるカムパネルラを喪失してしまった後も、ジョバンニは銀河という異空間の世界の夢を抱えたまま、この地上の世界に戻ってこなければならないのである。私もジョバンニにならって、そんな切符を持ちたいと思う。私にとって俳句は、たぶんそのようなものとしてある。異空間への旅、そして日常への帰還。

ジョバンニの切符には、意味不明な十ばかりの字が印刷されているのだが、私にもしその切符があるとしたら、そこにはおそらく、空、水、子ども、などの文字がうっすらと印字されているのではないか。空と水と子どもは、私にとって、どこへかは不明だが、異空間へ通じる通路のように思われる。

鳥雲に迷いに行くという遊び

小さい時分、先年に亡くなった双子の弟と、よく「迷いに行く」という遊びをした。ジョバンニとカムパネルラのように幻想的な大旅行ではないけれど、でもそれは小さい者たちにとって、十分スリリングな旅だった。ちょっとだけ知らない街を二人でぶらつくのだ。迷子になるかならないかの境界線上の旅は、なんと新鮮で魅力に満ちていたことだろう。そのときそこで、ぼくらは少しだけ、異空間への入り口に立っていたように思う。迷うとは、つながりを失う体験であり、つながりを一時的であれ失うことは、新しい地点につながることの予兆でもあるのだ。

私はジョバンニの切符にあこがれる。異空間をどこまでも行ける切符。どこへでもつながっていける切符。

思い出は銃口に似る鰯雲

思い出はいつも美化されがちなものだが、何十年を生きた人間には、思い出すたびに「あっ！」と声を上げて叫びたくなるような思い出もあるはずだ。遠い空の雲の間から私に向けいくつもの銃口がのぞいていて、それらが一瞬に火を噴く光景を何度見たことだろう。空や雲は、一時、日常世界を離れるのに適した依代である。しかし、それらは同時に、日常である現実への帰還を促すラッパでもあるのだ。

◆

天上は水がたくさん散るさくら

空や雲が異空間への通路であるとしたら、水もまた、この世界と異空間をつなぐ仲介者であるように思われる。水の本質はその自在さにある。われわれが目で見、手に触れることが出来るものの中で、一等、自在で自由なのは水である。だから水は変幻する。喜ばしさにも、悲しさにも、あたたかさにも、冷たさにも、汚濁の醜さにも、清浄さにも。

天上の世界にはたくさんの水があって、そこで花は育てられ、咲き、散っていく。だから、水の自由を、散る花は本然として内在させている。落花の美しさはそこに由来している。

◆

水鳥は水のかたちを眠りおり

水のかたちは、世界のかたちである。水が昼夜をおかず流れてやまないように、世界は流転してやまない。水が空間も時間も飲み込んで存在しているように、世界は空間と時間を内包して存在している。このように、水と世界は相似なのである。われわれは水から生まれ、水を糧としていのちをつないでいる。すべてのいのちは世界とつながって、インドラの網を形づくっている。水は過去であり未来であり、現在である。だから、水は世界の一切である。水のかたちは世界のかたちでありいのちのかたちである。

一羽の水鳥の眠りはその世界の一隅にあって、世界の中心を眠っている。

◆

星座解く音水鳥の目覚める音

天空で星が隊列を解くとき、水鳥は夢の世界から現実の世界へ、天空のひそやかな音にうながされて戻ってくる。水鳥の異空間への旅はそうして終わる。

◆

障子閉めて沖にさびしい鯨たち

「さびしさ」は人間が人とつながる通路であると同時に、他の動物とつながる通路でもある。鯨は水に住む動物であるがゆえに、水を媒介としてさびしさの矢で人間とつながっている。鯨の声がわれわれに届くのは、水の力であるのかもしれない。

◆

水のかたちで箱にしまわれている晩夏

何が箱にしまわれているのだろうか。水はわれわれの想像力のように、そして俳句のように、自由で、融通無碍《むげ》でなくてはならないのだろう。

遠火事を見ている耳の大きな子

水がそうであるように、子どももまた、異空間へわれわれをいざなう力を有している。

前世の記憶を持つ子供がいるという。それは成人して多くは失われるらしい。子どもが前世を抱え込んでいるように、われわれが失いかけている無意識という世界への通路に子どもは位置しているのかもしれない。ここにいる子どもたちは、無邪気でも無軌道でもない。しずかに、前世や無意識の世界にへその緒のようにつながっていて、独特の静かさを湛えているのだ。

◆

ゆうぐれの春の畳にもうひとり

ここにいる「ひとり」も、私から抜け出た私自身であるかもしれないし、遠い世界からふとこの世に姿をのぞかせた他のものであるかもしれない。いずれにせよ、それは子どもの姿をとっているだろう。

◆

牡蠣酢食う天文学者になるはずが

宇宙や異空間の世界にあこがれたものも、やがて、牡蠣酢を啜る地上の現実に戻ってこなければならない。しかし、天上への夢の残滓は、現実の生活の中にもわずかながらも息づいて、われわれを励まし続けているのではないか。地上に落ちた堕天使にも一片の神聖と真実は残されているように。

俳句は、どんなに見事に現実を切り取って見せてみても、それだけではどこにも到達しない。ベクトルのない標識は日常を写し取るだけの看板である。私はベクトルを持った異空間へ向かう俳句を、俳句の可能性として信じたいと思う。

あとがき

第一句集『新鬼』上梓から七年が経った。次の句集の準備を考えていたところに、このシリーズへの誘いがあって、これまでに俳句にかかわって書いてきた文章と合わせて一冊の本にまとめることにした。

「新鬼」は句集『新鬼』から七十二句を抜粋。「天上は」（六十六句）は、それ以降の句から選んだ。エッセイは、連載「Yへの手紙」を中心に『船団』に掲載したものを集めたが、「教育の四季」は、教育情報誌『教育PRO』に約一年にわたって連載したものである。「私の十句」は、本書を編むにあたって書き下ろした。

題名の「水の容《かたち》」は、私の水に対するこだわり、というより偏愛に由来する。ここに集めた俳句と散文を貫く主題はないようなものだが、全編が水のイメージでかすかにでもつながっていればうれしい。

本書の出版を後押ししていただいた『船団の会』代表の坪内稔典氏にお礼申し上げます。

木村和也

著者略歴

木村 和也（きむら かずや）

1947 年　大阪府生まれ。
中学生より俳句を始める。長い中断の後、2004 年「船団の会」に入会。
2009 年句集『新鬼』を上梓。2012 年第 4 回船団賞受賞。
現代俳句協会会員。
現在、大阪人間科学大学 特任教授。秀明大学 客員教授。

現住所　〒 563-0104　大阪府豊能郡豊能町光風台 1-738-20

俳句とエッセー　水の容《かたち》

2017年1月10日発行　定価＊本体1400円＋税
著　者　木村　和也
発行者　大早　友章
発行所　創風社出版
〒 791-8068 愛媛県松山市みどりヶ丘９－８
TEL.089-953-3153 FAX.089-953-3103
振替 01630-7-14660 http://www.soufusha.jp/
印刷　㈱松栄印刷所　製本　㈱永木製本

ISBN 978-4-86037-235-4